Comentarios de los niños para

Mary P...

la ser...

Tus aventu...
que me niego ...
tuyos. Ben H.

Adoro la serie "La casa del árbol". Mi papá y yo la hemos leído entera. Kevin F.

Mi mamá y yo adoramos tus libros. Julie P.

Cada vez que termino de leer un libro tu... quiero volver a leerlo. Tus aventuras son muy di-vertidas. Soo Jin K.

Cuando sea grande escribiré como tú. Raul A.

De todos los libros del mundo, los tuyos son los mejores. Nunca dejes de escribir. Karina D.

Leíste mi mente. Adonde Annie y Jack vayan, ahí quiero ir. Matthew Ross D.

Los padres y los maestros también están encantados con la serie "La casa del árbol".

Gracias por crear esta colección. A través de ella, los maestros que amamos la lectura con pasión hemos encontrado una herramienta para que nuestros alumnos descubran la magia de los libros. K. Salkaln.

Mis alumnos adoran la colección "La casa del árbol". A decir verdad, gracias a estos maravillosos libros, todos en el aula se han vuelto locos por la lectura. S. Tcherepnin.

Creo que sus libros son encantadores. Nunca antes había encontrado un material tan didáctico e interesante para mis alumnos. C. Brewer.

Kevin recibió dos libros de la colección como regalo y no salió de su cuarto hasta que terminó la última página. K. Trostle.

Durante años he buscado un libro entretenido para mis alumnos, un material que gustara de verdad. En realidad, la mayoría de los libros para niños no logran ni siquiera captar la atención de los lectores. Pero cada vez que leemos los libros de "La casa del árbol", mis alumnos repiten eufóricos: "¡por favor no pare de leer, señorita!" Para mí ha sido un placer encontrar un material tan entretenido y a la vez instructivo. Felicitaciones. L. Kira.

Usted ha abierto las puertas de la aventura para muchos niños y para otros, ha sembrado la semilla de la vocación, ya que desean escribir como usted. Gracias por crear y compartir el mundo mágico de la imaginación. M. Hjort.

Mi hijo siempre ha sido reacio a la lectura. Pero los libros de "La casa del árbol" despertaron en él el deseo de leer.
M. Casameny

Queridos lectores:

El año pasado recibí muchas cartas de ustedes en las que me pedían que enviara a Annie y a Jack al salvaje Oeste. La idea me interesó de inmediato, sólo que no tenía un argumento para la aventura.

Más tarde, recibí una carta de una niña llamada Alexandra, que vive en Washington, sugiriéndome que Annie y Jack viajaran al Oeste para ayudar a un potrillo salvaje a encontrar a su madre, que había sido robada por un grupo de cuatreros.

La idea me pareció excelente desde el comienzo. Muchas gracias, Alexandra, por ayudarme con esta nueva aventura.

También, quiero agradecerles a todos los niños que me han escrito. Y como todavía planeo escribir más libros de la serie, los invito a todos a enviarme sugerencias y nuevas ideas. ¡Las estaré esperando!

La casa del árbol #10

Atardecer en el pueblo fantasma

Mary Pope Osborne
Ilustrado por Sal Murdocca
Traducido por Marcela Brovelli

LECTORUM
PUBLICATIONS INC.

Para Nick Plakias, gran amigo, poeta y vaquero.

ATARDECER EN EL PUEBLO FANTASMA

Spanish translation copyright © 2006 by Lectorum Publications, Inc.
Originally published in English under the title
GHOST TOWN AT SUNDOWN
Text copyright © 1997 by Mary Pope Osborne
Illustrations copyright © 1997 by Sal Murdocca

978-1-930332-97-3

Printed in the U.S.A.

CWMO 10 9 8 7 6 5

Library of Congress Cataloging-in-Publication data is availlable.

ÍNDICE

Atardecer en el pueblo fantasma

1

¿Salvaje?

Annie y Jack estaban sentados en el porche de su casa. Annie contemplaba la calle que daba al bosque de Frog Creek. Jack leía un libro.

—Tengo un presentimiento. Creo que debemos regresar al bosque —dijo Annie.

—¿Por qué? —preguntó Jack, sin apartar la vista del libro.

—Vi pasar un conejo —respondió Annie.

—¿Y eso qué tiene de particular? No será la primera vez que ves uno.

—Éste era distinto, Jack.

—¿Qué quieres decir, Annie?

Al ponerse de pie, Jack alcanzó a ver un conejo de patas muy largas, que se alejaba calle abajo hacia el bosque.

—¡Es una señal! —dijo Annie.

—¿Señal de *qué*? —insistió Jack.

—Es una señal de que Morgana ha regresado. ¡Vamos, al bosque! —suplicó Annie.

—Pero, ¿y la cena? Papá dijo que iba a estar lista en unos minutos.

—No te preocupes, Jack. Tú sabes bien que cuando estamos en la casa del árbol el tiempo no pasa.

Annie corrió hacia el bosque.

—Estaremos de vuelta en diez minutos —gritó Jack mientras se colgaba la mochila de los hombros.

Rápidamente, Annie y su hermano se internaron en el bosque de Frog Creek. El sol había comenzado a ocultarse por encima de los árboles.

—¡Ahí está! —dijo Annie.

Un tenue rayo de sol dibujó la silueta del conejo. Pero cuando éste vio a los niños, huyó de inmediato.

Annie y Jack siguieron al conejo hasta que el animal de patas largas desapareció detrás del árbol más alto del bosque.

—¡Te lo dije! ¡Mira, Jack! —gritó Annie, señalando la copa del árbol.

Morgana le Fay les hizo señas para que subieran a la casa.

Como siempre, Jack se sintió feliz de ver nuevamente a Morgana, la bibliotecaria misteriosa.

—¡Suban! —les dijo.

Annie y su hermano subieron a la casa del árbol por la escalera de soga.

—¿Ese conejo tan extraño es tu amigo? Lo seguimos hasta aquí —comentó Annie.

—Tal vez... —respondió Morgana—. Yo tengo muchos amigos extraños.

—¿Quieres decir que nosotros también lo somos? —preguntó Annie.

—Sí, así es —dijo Morgana.

—¿Y tú cómo estás? —preguntó Jack.

—Sigo teniendo problemas con Merlín, lo cual no me deja tiempo para realizar mi trabajo. Pero muy pronto ustedes se convertirán en Maestros bibliotecarios, lo cual será una gran ayuda para mí —comentó Morgana.

Jack sonrió ante la idea de convertirse en "Maestros bibliotecarios" y viajar a través del tiempo y el espacio. Aunque era demasiado bueno como para ser cierto.

—¿Están listos para resolver otro acertijo? —preguntó Morgana.

—¡Por supuesto! —respondieron Annie y Jack al unísono.

—¡Muy bien! —agregó la misteriosa dama—. Pero primero van a necesitar esto...

Y sacó un libro de entre los pliegues de su

túnica, que ayudaría a los niños durante el viaje. Luego, se lo dio a Jack.

En la tapa del libro había un dibujo de un pueblo construido sobre una llanura. Y el título decía *"Los días del salvaje Oeste"*.

—¡Guau! —exclamó Annie—. ¡El salvaje Oeste!

"¿Qué tan salvaje será?, se preguntó Jack.

Morgana buscó entre los pliegues de su túnica y sacó una hoja de papel enrollada. Luego, se la dio a Annie.

—Lean esto cuando la casa del árbol llegue a su destino —explicó Morgana.

—¿El acertijo está escrito en este papel? —preguntó Jack.

—Así es —contestó Morgana—. Después sólo les quedarán dos. Bueno... ¿Están listos?

Annie y Jack asintieron con la cabeza.

Luego, Annie señaló el dibujo del libro que les había dado Morgana.

—¡Estamos listos para ir a este lugar! —afirmó en voz alta.

El viento comenzó a soplar.

—¡Adiós! ¡Que tengan buena suerte! —dijo Morgana.

La casa del árbol comenzó a girar.

Jack cerró los ojos.

La casa giró más y más fuerte.

Después, todo quedó en silencio.

Un silencio absoluto.

Cuando Jack abrió los ojos, Morgana le Fay había desaparecido.

Sólo podía oírse el zumbido de una mosca solitaria.

2
Llanura Cascabel

El aire se sentía caluroso y húmedo.

Annie y Jack miraron por la ventana.

La casa del árbol había aterrizado sobre la copa de un árbol solitario, en el medio de la llanura. El sol no se había ocultado todavía.

El pueblo de la tapa del libro estaba allí, justo delante de ellos, aunque ahora se veía solitario y abandonado.

Sobre una porción extensa de tierra, hacia un costado, podía verse un conjunto de lápidas.

—¡Ay, qué aterrador! —exclamó Annie.

—¡Sí! —agregó Jack, y respiró hondo—.
¿Qué dice nuestro nuevo acertijo?

Annie desenrolló la hoja de papel y leyó
lo que decía junto con su hermano:

**De repente,
y sin que lo
esperes,
mi voz solitaria
te llama.
¿Sabes quién soy?
¿Quién soy?**

Jack se puso los lentes y volvió a leer el acertijo para sí.

—Debe de haber un error. ¿Por qué se repite *quién soy*? —preguntó.

—Yo no oigo ninguna voz solitaria —comentó Annie mientras miraba por la ventana.

Sólo podía oírse el zumbido de las moscas y el chiflido del viento seco.

—Veamos qué dice el libro —sugirió Jack.

El paso del tiempo había vuelto amarillas todas las páginas. Luego, Jack encontró el dibujo de un pueblo y leyó en voz alta lo que decía debajo:

En la década de 1870, Llanura Cascabel era un lugar de descanso para las diligencias que llevaban pasajeros desde Santa Fe, Nuevo México, a Fort Worth, Texas. Pero cuando el río se secó, todos los habitantes se marcharon. Y el lugar se convirtió en un "pueblo fantasma".

—¡Guau! Un pueblo *fantasma* —exclamó Annie, con los ojos desorbitados.

—Vamos a echar un vistazo. Así podremos irnos antes de que oscurezca —comentó Jack.

—¡Tienes razón! Debemos apurarnos —agregó Annie, deslizándose por la escalera de soga.

Jack guardó el viejo libro dentro de la mochila. Y bajó detrás de su hermana.

Luego, los dos se quedaron estáticos junto al árbol mirando el paraje.

El viento enfurecido arrastraba decenas de plantas secas que rodaban por aquí y allá.

De pronto, algo extraño casi les rozó los pies.

—¡Huy! —exclamaron Annie y Jack a la vez.

Era un conejo solitario, de patas muy largas.

—¡Es el mismo conejo que vimos en el jardín de casa —dijo Jack.

—¡Claro, seguro que es una señal de que algo va a pasar! —agregó Annie.

Luego, el misterioso conejo se perdió en la distancia.

—Será mejor que tome nota de esto —comentó Jack mientras sacaba el cuaderno de la mochila.

conejos de patas largas

—¿Qué es ese ruido, Jack?

—¿Qué ruido?

—¿No oyes el sonido de un cascabel?

—*¿Cómo?* —preguntó Jack, alarmado.

—¡Allí! —gritó Annie, señalando a una

serpiente de cascabel, que estaba casi a cien pies de distancia, enrollada sobre sí misma, agitando su cascabel.

Jack alzó la vista y escapó tan rápido como pudo. Su hermana lo seguía a toda velocidad.

—Ya sé por qué este pueblo se llama "Llanura Cascabel" —dijo Annie, con la voz entrecortada.

Jack miró a su alrededor. El pueblo era demasiado pequeño. Tenía una sola calle, sin asfaltar, y unos pocos edificios.

Todo estaba en silencio, demasiado quieto.

—Mira esa tienda, Jack.

Annie señaló un viejo edificio. El letrero gastado de la entrada decía: "Almacén".

—Entremos, Jack, tal vez allí encontremos la respuesta al acertijo —sugirió Annie.

Jack y su hermana subieron al porche de la tienda. El piso de madera crujía debajo de sus pies. La puerta se había salido de su sitio.

Annie y Jack miraron desde afuera. El aire estaba pesado y polvoriento. Cientos de telarañas colgaban del techo de la tienda.

—No creo que sea una buena idea entrar —comentó Jack.

—Pero... ¿y si la respuesta está adentro? ¡Entremos un minuto para ver qué hay! —suplicó Annie.

—Está bien... —contestó Jack, resoplando resignado.

Ambos entraron en el almacén en puntas de pie.

—¡Mira, Jack! —Annie había encontrado un par de espuelas oxidadas.

—Ten cuidado —dijo Jack mientras buscaba entre otros objetos viejos: una bolsa de semillas, una lata oxidada y un calendario descolorido del año 1878.

—¡Guau! —exclamó Annie con un sombrero de vaquero sobre la cabeza—. Toma uno, Jack. Póntelo.

—Pero está lleno de polvo, Annie.

—¡Vamos Jack, sacúdelo un poco!

Jack sopló y se levantó una nube de polvo que le hizo estornudar al instante.

—¡Vamos, pruébatelo! —insistió Annie.

Jack se colocó el sombrero. Era tan grande que ni siquiera se le veían los ojos.

—¡Mira, ahí hay botas, Jack! —dijo Annie—. Hay de todos los tamaños. Aquí hay un par para ti.

—¡No son nuestras, Annie! ¡Déjalas, por favor!

—Ya lo sé. Sólo quiero que te las pruebes.

Jack tomó las botas, les dio la vuelta y las sacudió con toda su fuerza.

—¿*Qué* haces? —preguntó Annie, mientras bajaba un par de botas del estante.

—Quiero ver si hay escorpiones —contestó Jack.

—Vamos, Jack —se rió Annie—. ¡Pruébatelas!

Jack se quitó las zapatillas. Luego tomó una bota y trató de ponérsela; el cuero

estaba tan endurecido que casi no podía caminar.

—¡Ayyy! ¡Me lastiman los pies! —dijo, y empezó a quitárselas.

—¡SSSShh, Jack! ¿No oyes música? —preguntó Annie.

Jack se quedó inmóvil como una estatua.

—Es un piano —comentó Annie—. ¿No será la voz solitaria del acertijo? ¡Vamos a ver!

Jack guardó las zapatillas dentro de la mochila y siguió a su hermana, tan rápido como se lo permitían las botas.

3
La pianola

En la calle podía oírse una melodía triste y monótona.

—La música viene de allí —dijo Annie.

Y se acercó a un edificio que tenía un cartel viejo con la palabra HOTEL. Jack la seguía unos pasos más atrás, todavía cojeando.

Muy despacio, Annie atravesó la puerta vaivén. Y se quedó mirando hacia adentro junto a su hermano.

En la esquina del salón, un débil rayo de sol alumbró el contorno de un piano. Misteriosamente, las teclas se movían marcando la melodía. Pero no había nadie tocándolas.

—¡Ay! —murmuró Annie—. ¡Un fantasma!

De pronto, las teclas del piano dejaron de moverse. El aire se tornó frío.

—¡No! ¡De ninguna manera! —exclamó Jack—. Los fantasmas no existen.

—Vimos uno en el antiguo Egipto —susurró Annie.

—Sí, ya lo sé. Pero Egipto es Egipto —respondió Jack, sobresaltado—. Voy a investigar —dijo. Y comenzó a hojear el libro del salvaje Oeste. Al ver el dibujo de un piano se detuvo para leer lo que decía debajo:

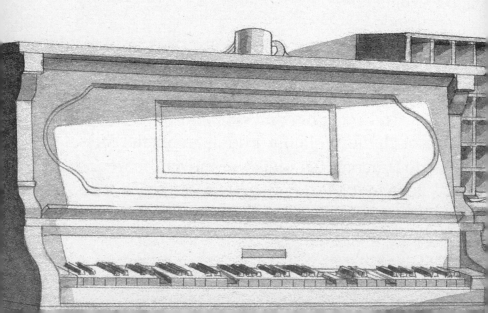

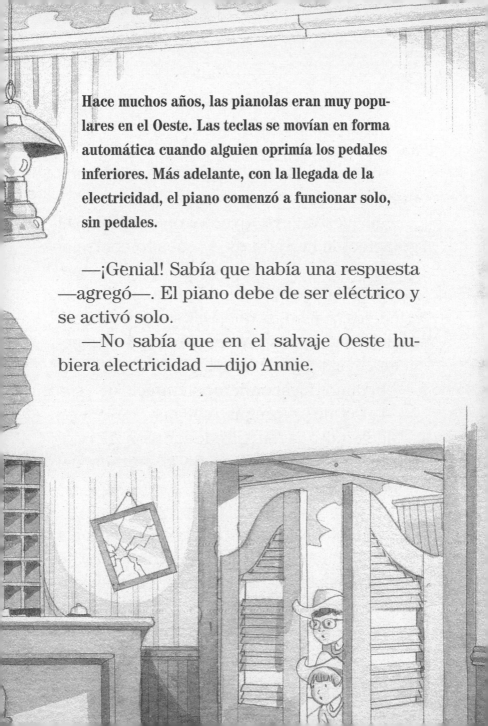

Hace muchos años, las pianolas eran muy populares en el Oeste. Las teclas se movían en forma automática cuando alguien oprimía los pedales inferiores. Más adelante, con la llegada de la electricidad, el piano comenzó a funcionar solo, sin pedales.

—¡Genial! Sabía que había una respuesta —agregó—. El piano debe de ser eléctrico y se activó solo.

—No sabía que en el salvaje Oeste hubiera electricidad —dijo Annie.

—No había —explicó Jack.

—¡Ay, Dios! ¡Salgamos de aquí! —dijo Jack en voz alta.

Annie y Jack huyeron del hotel a toda prisa.

Una vez afuera, oyeron otro sonido: el golpeteo de herraduras de caballo contra el suelo.

De pronto, una nube de polvo se levantó a lo lejos. A medida que ésta se aproximaba, Jack divisó a tres jinetes arreando una pequeña manada de caballos.

—¡Vamos a escondernos, Annie!

—¿Dónde? —preguntó ella.

Jack miró a su alrededor con nerviosismo. De pronto, cerca de la entrada del hotel vio dos barriles.

—¡Allí! —sugirió.

Annie y su hermano corrieron hacia la puerta del hotel. Jack saltó dentro de uno de los barriles pero su sombrero era demasiado grande, así que salió y lo tiró dentro del hotel.

—¡Tira el mío también! —dijo Annie.

Luego, ambos se escondieron dentro de los barriles. *Justo a tiempo.*

Jack oyó que los caballos se acercaban a todo galope. Espió por una grieta del barril y vio pasar unos vaqueros montados en sus caballos.

—¡Soo! ¡Soo! —gritaban los hombres.

De pronto, Jack oyó que los caballos se detenían, resoplando y escarbando la tierra. Pero a través de las grietas sólo se veían sombras.

Había tanto polvo a su alrededor que tuvo que taparse la nariz para no estornudar.

—¡El lecho del río debe de haberse secado! —gritó uno de los vaqueros—. Estamos en un pueblo fantasma.

—Sí. Me da escalofríos —dijo otro—. ¿Por qué no acampamos sobre la loma?

Jack ya *no* podía soportar las ganas de estornudar. Se tapó la nariz con más fuerza pero no sirvió de nada y...

—¡Ah-choo!

—¿Qué fue eso? —preguntó uno de los vaqueros.

Pero... de repente, un potente relincho quebró el silencio. Jack vio un caballo bellísimo que se acercaba.

Era una yegua. No tenía riendas ni montura, sólo traía una soga amarrada al cuello. Tenía el pelaje rojizo como una puesta de sol, una larga crin negra y una estrella blanca en la frente.

—¡Con este animal ya no podemos más! —gritó uno de los vaqueros.

—Es verdad. Está buscando a su potrillo —agregó otro.

—¡Fue un error dejarlo atrás!

—Era demasiado lento —afirmó una voz ronca—. Cuando crucemos la frontera terminaremos con el problema. Venderemos a la madre.

"¡Oh, no! *¡Eso es terrible!*", pensó Jack. Estaba seguro de que su hermana opinaría igual que él. Aunque rezaba para que Annie no saltara fuera de su escondite.

Los vaqueros se alejaron galopando, llevándose a la madre del potrillo con ellos.

Annie y Jack se pusieron de pie para observar a los jinetes desaparecer detrás de una cortina de polvo.

En un instante, todo volvió a la calma. Sólo se oía el zumbido de las moscas que volaban por el lugar.

—Se han portado muy mal con la pobre yegua—dijo Annie, muy enojada.

—Lo sé. Pero no podíamos hacer nada

para impedirlo —agregó Jack. Y salió del barril. Todavía sentía un terrible dolor en los pies.

—¡Tengo que quitarme estas botas! —insistió.

Y se sentó en el porche del hotel para descalzarse.

—¡Jack, creo que *sí* hay algo que podemos hacer!

—¿Qué quieres decir, Annie?

De pronto, divisaron un pequeño caballo que corría en dirección a ellos. Tenía el pelaje rojizo como el de su madre, con la crin del mismo color y la misma estrella blanca en la frente. Una fina soga le colgaba del cuello. Y parecía estar perdido.

4

¡Arriba las manos!

—¡Es el potrillo! ¡Está buscando a su madre! —afirmó Annie. Y corrió hacia el pequeño caballo de ojos salvajes.

—¡Espera, Annie! ¡Oh, Dios! —exclamó Jack. Y sacó el libro de la mochila.

Intrigado, investigó hasta que encontró un capítulo llamado "Caballos del salvaje Oeste":

A fines del año 1800, más de un millón de caballos salvajes, llamados *"mustangs"* (potros salvajes), habitaban el suelo del Oeste. Estos caballos eran descendientes de caballos españoles fugitivos. Cuando los vaqueros los capturaban, se los vendían a los rancheros del lugar. Domarlos era muy difícil.

Jack dio vuelta a la página del libro y encontró un dibujo de una manada de caballos. Dos de ellos se veían exactamente igual a la yegua y a su potrillo.

—¡Oye, Annie! —dijo Jack, en voz alta—. Ven a ver esto.

Annie no respondió.

Intrigado, Jack levantó la vista.

Annie estaba tratando de acercarse al potrillo, pero éste era muy arisco y se alejaba cada vez que ella se acercaba.

—¡Ten cuidado! ¡No olvides que es un animal salvaje! —comentó Jack.

Annie continuó hablándole al potrillo en voz baja.

Y, así, con mucha calma, tomó la cuerda que le colgaba del cuello. Y sin dejar de hablarle lo condujo a un poste de madera.

—¡Espera! ¡Quédate donde estás, Annie!

Jack hojeó el libro a toda velocidad, hasta que encontró un capítulo llamado "Cómo tratar a un caballo".

Las reglas básicas para tratar a un caballo son muy simples: se necesita mano suave, voz firme, actitud positiva y nunca deben faltar los elogios y las recompensas.

—¡Tengo las reglas de oro, Annie! ¡No hagas nada hasta que las anote en mi cuaderno!

Jack escribió:

Reglas para tratar a los caballos
  1. Mano suave
  2. Voz firme
  3. Actitud positiva
  4. Elogios
  5. Recompensas

—Bueno, presta mucha atención —insistió Jack.

Pero, para sorpresa de su hermano, Annie ya estaba sentada sobre el lomo del potrillo.

Jack se quedó tieso como una estatua. Casi sin aliento.

El animal salvaje relinchaba y escarbaba la tierra sin cesar, resoplando y sacudiendo la cabeza.

En ningún momento Annie dejó de acariciarle el cuello o de hablarle al oído con dulzura.

Hasta que, por fin, el potrillo se tranquilizó.

—Lo llamaremos "Ocaso" —agregó Annie—. ¡Vamos, tenemos que llevarlo con su madre!

—¿Estás loca? ¡Todavía tenemos que resolver el acertijo! Pronto se hará de noche —comentó Jack—. No quiero que nos volvamos a topar con esos tipos, eran muy rudos.

—Pero no tenemos otra opción, Jack.

—¡Ay, Dios! —Jack sabía que su hermana no cambiaría de opinión fácilmente—. Veamos qué dice el libro:

Los potros salvajes viven en manadas. El vínculo entre una yegua y su potrillo es muy fuerte. Ante el llamado de su cría, ya sea por hambre o peligro, la madre siempre acude al instante. Los potros no pueden sobrevivir aislados del resto de la manada.

Jack observó al potrillo. Tenía una mirada *triste*.

—Está bien, hagamos un plan. Pero primero tengo que quitarme estas botas —agregó.

—¡Date prisa! —gritó Annie.

—¡Con esto puesto no puedo ni pensar! —comentó Jack.

De pronto, una voz de trueno dijo: "¡Manos arriba... o disparo!"

Jack soltó las botas inmediatamente y alzó las manos. Annie hizo lo mismo.

Era un vaquero, que avanzaba en su caballo desde una callejuela angosta. Tenía el rostro huesudo y curtido por el sol.

Montaba un caballo de color gris y los apuntaba con un revólver.

—Debo reconocer que son los ladrones de caballos más jóvenes que he visto —dijo, con la vista fija en Annie y Jack.

5
Espiga

—¡Nosotros no somos ladrones! —afirmó Annie en voz alta.

—¡Entonces, díganme qué hacen con mi caballo! —dijo el vaquero.

—Unos hombres malos vinieron al pueblo trayendo a la madre del caballo, señor. Pero dejaron al potrillo porque era muy lento.

—Sí, deben de ser los cuatreros que robaron mis últimos cinco caballos —dijo el vaquero.

—¿Usted quién es? —preguntó Jack.

—Yo soy arriero de caballos salvajes —dijo el hombre.

—Los vaqueros llegaron primero y luego apareció Ocaso, galopando solo. Mi hermano y yo lo vamos a llevar con su madre —explicó Annie.

—¿Ocaso? —preguntó el vaquero.

—Sí —dijo Annie—. Yo elegí el nombre del potrillo.

—Eres muy valiente, Risueña, al tratar de rescatarlo.

—Muchas gracias —contestó Annie.

—Los potrillos necesitan vivir con su familia. El vínculo que los une a sus madres es muy fuerte —explicó Jack, con voz firme y clara.

—Pero... ¿Y tú cómo sabes tanto, Peque? Eres muy inteligente —dijo el hombre.

—¿Peque? —preguntó Jack.

—Sí. Una de las costumbres de los vaqueros es usar apodos —explicó el vaquero.

—¿Y cuál es el tuyo? —preguntó Annie.

—Espiga —dijo el vaquero—. Supongo que me llaman así por mi delgadez. Mi ape-

llido es Cooley. Y éste es Ceniza; siempre
está cubierto de polvo —agregó, acarician-
dole el cuello a su caballo.

—Es lógico —comentó Annie.

Jack también estuvo de acuerdo con los
nombres. Ni el vaquero ni su caballo hubie-
ran podido tener mejores apodos.

—Bueno, ahora cuéntenme cómo dos pe-
queños valientes aventureros como ustedes
terminaron en Llanura Cascabel —insistió el
vaquero.

Jack respiró profundo. No sabía cómo
explicarlo.

—E-eee... vinimos en diligencia —respondió Annie—. Le pedimos al cochero que
nos dejara bajar, pero creo que cometimos
un error.

Espiga se quedó callado.

—Nos marcharemos en la próxima diligencia —explicó Annie.

—Muy bien. Entonces me llevaré al potrillo ahora e iré a buscar a esos cuatreros.

¿No saben hacia dónde se dirigían? —preguntó el vaquero.

—¡Sí! Dijeron que iban a acampar sobre la loma —contestó Jack.

El vaquero contempló una pequeña loma lejana. El sol se veía como una pelota naranja, recostado sobre ella.

—Será mejor que me vaya antes del anochecer —dijo Espiga.

—¿Podemos ir contigo? —preguntó Annie.

—¡No! ¡Tenemos que quedarnos aquí! —interrumpió Jack de inmediato. Ahora que el vaquero se encargaría de Ocaso, Annie y su hermano podrían dedicarse a resolver el acertijo. Además, Jack aún no se había quitado las botas.

—No está mal que tengas miedo, Peque, éste no es un sitio para ustedes.

—¿Miedo? —preguntó Jack.

—¡Por favor! Quiero ir contigo —insistió Annie.

Espiga miró a Jack y le preguntó:

—¿Y *tú* qué prefieres, Peque?

Para empezar, Jack deseaba que el hombre dejara de llamarlo "Peque"; quería que se diera cuenta de lo valiente que era, en verdad.

—Por supuesto que quiero ir —contestó Jack.

—Pero... ¿y la diligencia? —preguntó Espiga.

—No vendrá hasta mañana —explicó Annie, sin perder tiempo.

El vaquero se quedó pensando un momento.

—Bueno, ¿por qué no aprovechar la ayuda de dos personas valientes e inteligentes? Pero tendrán que hacer lo que yo les diga —aclaró.

—Haremos lo que tú digas —dijo Annie—. ¿Puedo montar a Ocaso?

—Si se tratara de otro niño, le diría que no. Pero parece que tú tienes algo especial con los caballos. Bueno, agárrate con fuerza de la crin. Tú y Ocaso irán detrás de mí. Yo los guiaré con esta cuerda.

El vaquero desató a Ceniza del poste y luego le tendió la mano a Jack.

—Pon el pie en el estribo y agárrate de mi mano.

Espiga subió con fuerza a Jack y lo sentó delante de él.

—Siéntate bien firme, iremos muy cerca de aquí.

Espiga agitó las riendas y Ceniza acató la orden al instante. Ocaso lo seguía unos pasos más atrás.

Jack rebotaba sobre la montura sin parar. Las botas le estaban destruyendo los pies, y el sol casi no lo dejaba ver nada.

—¡Arre! —dijo Espiga.

—¡Arre! —dijo Annie.

Así, los caballos galoparon por la llanura a toda velocidad levantando una nube de polvo a su paso.

—¡*Ah-choo!* —estornudó Jack, cabalgando en dirección a la puesta del sol.

6
Quebrando el viento

Cuando el vaquero y los niños llegaron a la loma ya oscurecía, y soplaba un viento fresco, casi frío.

—¡Soo! ¡Soo! —dijo Espiga.

Ceniza se detuvo al instante.

—Acamparon ahí abajo, en ese pequeño bosque —comentó el vaquero.

Jack divisó una fogata y varios caballos al pie de la loma. El relincho lastimero de uno de ellos le llamó la atención.

—¿Oyeron eso? —preguntó Espiga—. Es la madre de Ocaso. Seguro sabe que su potrillo está cerca.

—Debe de estar amarrada a un árbol. El resto de la manada debe de estar suelta —agregó Espiga.

—¿Y ahora qué haremos? —preguntó Jack en voz muy baja.

—Risueña, tú te quedarás aquí para cuidar a Ocaso —dijo el vaquero.

—De acuerdo —respondió Annie.

—Peque, tú vendrás conmigo, iremos al campamento. Te encargarás de mantener tranquilo a Ceniza mientras yo libero a la madre de Ocaso.

"¿Cómo se hace para mantener tranquilo a un caballo?", se preguntó Jack.

—En cuanto libere a la yegua, ella correrá en busca de su potrillo —dijo Espiga—. Luego, Risueña, tú y Ocaso se marcharán enseguida.

—Entendido —contestó Annie.

—Después, no podrán alcanzarnos. Todos juntos, quebraremos el viento —agregó el vaquero.

41

"*¿Qué querrá decir con 'quebrar el viento'?*", se preguntó Jack.

—Galoparemos hasta llegar al Cañón Azul —explicó Espiga.

"*¿Y eso dónde quedará?*", volvió a preguntarse Jack.

—Bueno, ¿alguna duda? ¿quieren preguntarme algo? —insistió el vaquero.

—Todo bien —afirmó la pequeña Annie, con entusiasmo.

"*Sí. Yo tengo un millón de preguntas*", se dijo Jack.

—Muy bien, camaradas. Nos veremos en un rato, Risueña. Tú ven conmigo, Peque.

—¡Que se diviertan! —dijo Annie.

"*¿Divertirnos?*". ¿Se ha vuelto loca? ¿No sabe que vamos hacia la boca del lobo?

Espiga agitó las riendas y Ceniza emprendió su camino por la ladera, bajo la luz de la luna llena y un millón de estrellas.

"*Tal vez podría aprovechar para hacerle algunas preguntas a Espiga*", pensó Jack.

42

Pero, justo en ese instante, se oyeron algunas voces, que provenían del campamento.

Eran las voces roncas y vulgares de los cuatreros.

Jack sintió que un escalofrío le atravesaba el alma.

Ceniza se detuvo ante la orden de su amo.

—Por aquí está bien —susurró Espiga. Y se bajó del caballo.

—Quédate aquí. Y encárgate de Ceniza —agregó, en voz muy baja.

—Espera —dijo Jack entre susurros. Necesitaba más información.

Pero el vaquero ya se había alejado demasiado.

Jack tomó las riendas y respiró hondo, rezando para que Ceniza se mantuviera lo más sereno posible.

El caballo se mantuvo tranquilo por un momento. Pero enseguida comenzó a resoplar y a moverse de un lado al otro.

"¡Ay, no!", pensó Jack, tratando de recordar algunas de las reglas de oro para tratar a los caballos.

Después de hacer un poco de memoria, comenzó a recordar: *"mano suave, voz firme..."*.

Y, con suavidad y dulzura, empezó a acariciar a Ceniza.

—¡Soo! ¡Soo! —exclamó Jack, con firmeza. En ese instante, el caballo, se quedó estático en el lugar. Jack no podía salir de su asombro.

Luego, recordó otra regla de oro: "actitud positiva". Y le dio unas palmaditas a Ceniza, mientras le decía al oído: "no te preocupes, amigo. Todo va a salir bien".

Justo en ese instante, se oyó un relincho proveniente de la manada. Los caballos salvajes huían juntos hacia lo alto de la loma.

—¡Muchachos! ¡Miren! ¿Qué está pasando con los caballos? —preguntó uno de los cuatreros.

De repente, se oyó un disparo. Jack escondió la cabeza entre los hombros.

—¡Vamos, Peque! —Era la voz de Espiga. ¡Y venía montado en la yegua!

Jack se quedó petrificado. Pensó que el vaquero montaría a Ceniza.

Espiga pasó junto a Jack galopando a toda velocidad. Y cuando casi alcanzó a Annie, ella agitó fuertemente las riendas de Ocaso, dejando atrás al vaquero.

La yegua seguía a su potrillo y los caballos de los cuatreros a la madre del potrillo.

¡*Bang*! ¡*Bang*!

Jack agarró las riendas con fuerza.

—¡Vamos, Ceniza! ¡Vamos! —insistió.

Ceniza galopó con tanta fuerza que Jack casi termina de nariz en el suelo. Para mantenerse firme se sujetó de las riendas con una mano y de la montura, con la otra.

¡*Bang*! ¡*Bang*!

Los cuatreros estaban cada vez más cerca.

—¡Vamos! ¡Más rápido! —gritaba Jack.

De pronto, Ceniza dio un salto y Jack sintió que se resbalaba de la montura. Soltó las riendas, se agarró de la montura con las dos manos, pero su peso era demasiado. Cerró los ojos y cayó al suelo.

¡Bang! ¡Bang!

"¡Oh, Dios! ¡Ha llegado mi hora!", pensó.

Cuando Jack abrió los ojos, Ceniza lo estaba mirando. Enseguida se puso de pie y trató de subirse a la montura, pero era muy difícil sin la ayuda de Espiga.

Mientras luchaba por montar a Ceniza, Jack oyó los gritos de los cuatreros que avanzaban a todo galope por la llanura.

Cuando miró hacia atrás, Jack divisó una figura brillante, de color blanco, que se desplazaba por la cima de la loma. Al verla, los caballos de los cuatreros se asustaron y retrocedieron al instante.

Jack no tenía tiempo de pensar en lo que tenía delante de los ojos. Sabía que tenía que aprovechar su única oportunidad para escapar. Así que, con toda su fuerza, se tomó de la montura y se sentó sobre ella.

—¡Vamos, Ceniza! ¡Vamos! —repitió en voz alta.

El potro marchó a todo galope por la llanura como quebrando el viento. Jack se agarró con fuerza, con toda la que tenía; su vida estaba en juego.

7

Historia de un fantasma

Jack rebotaba sobre la montura, el viento fresco le rozaba el rostro.

No tenía idea hacia dónde se dirigían. Pero estaba seguro de que Ceniza seguiría a su amo.

Finalmente, el caballo se unió al resto cuando estos aminoraron la marcha.

Jack agitó las riendas. Y Ceniza se unió a Espiga y a Annie.

—¡Hola, amigo! —dijo el vaquero.

—¡Hola! —respondió Jack.

—¡Hola, hermano! —agregó Annie—. ¿Estás bien?

Jack se puso los lentes.

—Sí. ¿Y tú?

—¡Ese galope estuvo muy bien, Peque! —comentó Espiga.

—Muchas gracias —contestó Jack, con una sonrisa. Empezaba a gustarle su nuevo apodo.

—¿Adónde vamos, jefe? —preguntó Jack.

—Al Cañón Azul —contestó Espiga—. ¿Vienen conmigo?

—Sí, por supuesto —dijo Jack.

—¡Es por aquí! —agregó el vaquero. Y atravesaron la llanura galopando con prisa.

Espiga condujo a la pequeña manada hacia la izquierda, a través de un pasadizo angosto y muy profundo.

Por último, llegaron a un espacio abierto, limitado por paredes de roca, que parecían formar una caja gigante, alumbrada únicamente por la luz de la luna.

—Dejaremos los caballos aquí. —Habían llegado al Cañón Azul.

Espiga se bajó del caballo. Y ayudó a Jack a bajarse. Annie no necesitó ayuda alguna.

—¡Llévalo con su madre! —le dijo el vaquero a Annie.

Bajo la luz de la luna, el potrillo se unió a su madre.

Mientras Jack acariciaba el cuello de Ceniza, recordó las dos últimas reglas: elogios y recompensas.

—¡Gracias, amigo! —le susurró al oído—. Te portaste muy bien. Más que bien.

Espiga desensilló a Ceniza y le dio a Jack las alforjas.

—Ponlas sobre la hierba, acamparemos por aquí —dijo.

Mientras caminaba, Jack sentía que sus

botas estaban cada vez más rígidas y apreta-
das. Se le habían hinchado los pies y ya casi
no le respondían. Pero no le importaba demasiado.

Tiró las alforjas al suelo, junto con la mochila, y se recostó sobre la hierba. Se sentía

muy cansado. Luego, Annie se recostó a su lado.

—Se los ve tan felices, libres y juntos otra vez —dijo, mientras contemplaba a los caballos salvajes bajo la luz de la luna.

—Sí, tienes razón —agregó Jack.

Acomodó la cabeza sobre la mochila, y contempló las estrellas.

—Sólo nos falta la respuesta al acertijo para que todo sea perfecto —agregó.

—Así es —afirmó Annie.

—Oye, Espiga —dijo Jack—. Tengo que hacerte una pregunta.

—Vamos, soy todo oídos —respondió el vaquero.

—¿Sabes la respuesta a este acertijo? Dice así: "De repente, y sin que lo esperes, mi voz solitaria te llama. ¿Sabes quién soy? ¿Quién soy?".

Espiga se quedó en silencio por un momento y luego agregó:

—No lo sé, Peque. Te debo la respuesta.

Jack se sintió decepcionado.

—Está bien, nosotros tampoco la sabemos —agregó.

—Yo también tengo una pregunta para ti —comentó Annie—. ¿Me puedes explicar cómo hace el piano del hotel para funcionar solo?

—Ah, esa respuesta sí la sé —contestó Espiga.

—Explícame, por favor —suplicó Annie.

—Se trata de Luke, el solitario —comentó Espiga—. Es el fantasma de un vaquero que vive en la llanura.

Jack se incorporó de un salto.

—¡Yo lo vi! ¡Lo vi! ¡Ya me acordé! ¡Él fue quien ahuyentó a los cuatreros! Si no hubiera sido por él ahora yo estaría muerto.

—Es verdad —agregó Espiga—. Por suerte a Luke le agrada ayudar a los amigos.

Espiga tiró la montura sobre la hierba y se sentó junto a los niños.

—Hace muchos años, Luke se enamoró locamente de una mujer —explicó Espiga—. Pero a ella no le gustaba el Oeste y se marchó hacia el Este.

—¿Y qué pasó después? —preguntó Jack.

—Luke se volvió loco. Todas las noches venía al hotel y se ponía a tocar el piano. Siempre tocaba la misma melodía, "El valle del río rojo". Hasta que una noche desapareció y jamás volvieron a verlo por la llanura. Un año más tarde, alguien encontró sus restos. Desde entonces, se dice que todas las noches su fantasma regresa al hotel para tocar aquella misma melodía en el piano, y que es así...

Espiga tomó su harmónica y comenzó a tocar una vieja y triste canción. Era la misma que Annie y Jack habían oído en el hotel.

Jack volvió a recostarse sobre la hierba y prestó atención a la melodía. De pronto, a lo lejos se oyó el aullido de un coyote. Y los caballos relincharon en la oscuridad.

"Será mejor que tome algunas notas", pensó.

Pero se quedó dormido antes de escribir la primera palabra. Ni siquiera le dio tiempo a sacarse las botas.

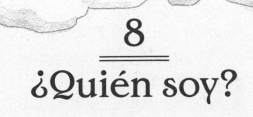

8
¿Quién soy?

Una mosca zumbaba en la oreja de Jack. Todavía dormido, trató de espantarla.

Ya había salido el sol, estaba justo arriba de las paredes del cañón.

Jack había dormido largo y tendido.

Annie y Espiga estaban sentados junto al fuego, bebiendo de unas tazas que habían fabricado con unas latas.

—¿Quieres café con galletas, Jack? —preguntó Annie.

—¿De dónde las sacaron? —quiso saber Jack.

—Un vaquero siempre tiene galletas y una cantimplora con café —explicó Espiga.

Y se acercó a Jack para ofrecerle una galleta y un poco de café.

—Está más dura que una piedra —comentó Espiga—. Y el café más amargo que el lodo. Pero un vaquero de ley sabe conformarse con lo que tiene.

Jack mordió la galleta y bebió un sorbo de café.

Espiga tenía razón. Pero Jack estaba dispuesto a conformarse con lo que había, como lo haría un verdadero vaquero.

—Voy a ensillar a Ceniza —dijo Espiga—. Quiero llevarlos al pueblo para que tomen la diligencia.

—¿Y tú qué harás después? —preguntó Annie.

—Iré al sur con mis caballos para venderlos. Después recorreré las planicies para reunir más caballos —dijo Espiga.

Mientras Espiga ensillaba su caballo, Jack tomó su cuaderno y escribió lo siguiente:

Desayuno vaquero
café amargo
galletas duras

—¡Oye, Peque! —llamó Espiga—. ¿Qué haces?

—Estoy tomando nota de algunas cosas —explicó Jack.

—¿Para qué?

—A mi hermano le encanta tomar nota de todo —comentó Annie.

—Ah, ¿sí? —dijo Espiga—. A mí también me gusta. A decir verdad, yo vine al Oeste para escribir un libro. Pero una cosa me llevó a otra. Y de la noche a la mañana me convertí en un arriero de caballos.

—Espiga, tú *deberías* escribir un libro, y dejar libres a los caballos —sugirió Annie.

—¿Eso crees, Risueña? —preguntó el vaquero.

Y se quedaron mirando a uno de los caballos salvajes, que pastaba plácidamente.

—Estoy *segura* —afirmó Annie.

—Sí —agregó Jack—. Tu libro podría ser acerca del salvaje Oeste, Espiga.

El vaquero contempló los caballos por un momento.

—Tal vez tengan razón —dijo—. Podría quedarme en Laramie por un tiempo y dedicarme a escribir. Y ya no tendría que rastrear la ruta de ningún cuatrero.

Espiga se volvió hacia Annie y Jack, y comentó:

—Creo que seré escritor. Pero, ahora será mejor que nos vayamos antes de que me arrepienta.

—¡Bravo! —gritó Annie, mientras se alejaba corriendo a darles la noticia a los caballos.

Jack ordenó sus cosas en la mochila mientras Espiga guardaba las alforjas de las monturas.

Luego, ambos montaron a Ceniza y fueron en busca de Annie, que estaba junto a Ocaso.

—Le dije que ahora es libre como el viento —comentó Annie.

—Me parece bien. Dame la mano, Risueña —dijo Espiga.

Y sentó a Annie delante de Jack.

El vaquero agitó las riendas y Ceniza emprendió la marcha.

El sol hacía sentir su calor con rigor. Cuando llegaron a la cima, el vaquero y los niños contemplaron el lecho del cañón.

Los caballos pastaban alegremente; sus pelajes brillaban bajo el sol.

—Encontrarán muy pronto su camino —dijo Espiga—. Dile adiós a tu amigo, Risueña.

—¡Hasta siempre, Ocaso! ¡Quédate con tu madre! ¡Adiós! —gritó Annie.

Y de repente, sin que lo esperaran, una voz dijo: "*¡Adiós!*".

—¡¿Quién dijo eso?! —preguntó Annie, con un hilo de voz—. ¿Acaso fue el fantasma?

—No —respondió Jack—. Es sólo un eco. Sucede cuando un sonido rebota contra las paredes del cañón.

—¿Sabes quién soy? —gritó Espiga.

—*¿Quién soy?* —se oyó a lo lejos.

—¡Genial! ¡Hemos encontrado la respuesta! —exclamó Jack.

—¡Resolvimos el acertijo! —agregó Annie.

—El eco —exclamaron Annie y Jack al mismo tiempo.

Jack miró a Espiga.

—Tú lo sabías, ¿verdad? —le preguntó.

El vaquero sonrió y agitó las riendas con fuerza.

—Es hora de irnos, amigos —dijo.

9
Luke, el vaquero solitario

Cuando llegaron a Llanura Cascabel, ya había bajado el sol.

—¡Déjanos en frente del hotel! —sugirió Annie.

—¿Están seguros de que la diligencia pasará por aquí? —preguntó Espiga.

—Sí —contestaron Annie y Jack a la vez.

Cuando llegaron al hotel, Espiga se bajó del caballo y luego ayudó a los niños a bajarse.

—Espero que alguna vez vengan a Laramie a visitarme —comentó el vaquero, guiñándoles un ojo a Jack y a su hermana—. Tal vez necesite ayuda con mi libro.

—Por supuesto —agregó Annie.

Espiga montó su caballo y miró a Jack.

—Adiós, Peque. Puede que seas corto de estatura, pero no de cerebro —agregó.

—Gracias —respondió Jack.

—¡Ay, Risueña, tu coraje y valentía son cosa seria!—agregó Espiga.

—Muchas gracias —contestó Annie.

—Buena suerte con tu libro —dijo Jack.

—Gracias por guiar mi destino. Les prometo que algún día se lo retribuiré —comentó Espiga.

—¿De veras? —preguntó Annie.

—Un vaquero de ley siempre cumple sus promesas —agregó Espiga. Luego, le dio la orden a Ceniza y éste galopó calle abajo.

—¡Adiós Espiga! —gritó Annie.

El vaquero volvió la mirada hacia los niños por última vez.

—Nos veremos pronto, amigos —agregó.

Y se perdió detrás de la puesta de sol.

—Bueno creo que ahora podré quitarme las botas —comentó Jack, entre suspiros.

—Yo también —agregó Annie.

—¡Ah, qué placer! —exclamó Jack, moviendo los dedos de los pies.

Luego sacó las zapatillas de la mochila y se las puso de inmediato. Su hermana hizo lo mismo.

—¡No hay nada como mis zapatillas! —comentó Jack.

De pronto, el sonido del piano quebró el silencio.

—¡Es Luke, el vaquero solitario! —afirmó Annie.

Jack agarró la mochila. Annie y él subieron al porche del hotel en puntas de pie y abrieron la puerta vaivén.

La melodía que ejecutaba el piano era "El valle del río rojo". Junto al piano podía verse la figura borrosa, pero brillante, de un vaquero.

En ese instante, el fantasma de Luke, miró a los niños y los saludó levantando la mano.

Annie y Jack le devolvieron el saludo.

Después, la figura del fantasma se desvaneció en el aire. Una ráfaga de aire frío se coló por la puerta vaivén. Annie y Jack sintieron un escalofrío.

—¡Es hora de irnos, hermana! —dijo Jack.

Y salieron corriendo por la calle polvorienta, dejando atrás el cementerio, hasta que hallaron el árbol con la casa de madera en la copa.

Annie se agarró de la escalera de soga.

Ella se apuró para subir. Su hermano la seguía unos pasos más abajo. Cuando entraron en la casa, Annie y Jack estaban exhaustos, casi sin aire en los pulmones.

Annie tomó el antiguo pergamino y lo desenrolló.

—¡Oh! —exclamó.

El acertijo había desaparecido. En su lugar, ahora había una sola palabra:

ECO

—¡Acertamos! —dijo Annie.

Jack tomó el libro de Pensilvania. Y señaló el bosque de Frog Creek.

—¡Deseamos regresar a este lugar! —dijo.

El viento comenzó a soplar.

La casa del árbol comenzó a girar.

Más y más rápido cada vez.

Después todo quedó en silencio.

Un silencio absoluto.

10
Eco del pasado

Annie y Jack miraron por la ventana.

El sol se había escondido detrás de los árboles. Estaban en el bosque de Frog Creek.

Annie aún tenía el pergamino en la mano, y lo dejó en un rincón de la casa, junto al pergamino de la gran aventura en el océano.

—Ahora nos quedan dos —dijo entre susurros.

—Sí —agregó Jack, mientras abría el cierre de la mochila. Luego sacó el libro *"Los días del salvaje Oeste"* y lo colocó sobre una pila de libros.

—¿Lista? —preguntó.

71

Annie tenía los ojos fijos en los libros. De pronto, se quedó con la boca abierta.

—¿Qué sucede? —preguntó Jack.

Annie continuó con la vista clavada en los libros.

—¿Qué te pasa? —insistió Jack.

De repente, Annie señaló el libro *"Los días del salvaje Oeste"*.

—Lee la tapa —agregó.

Jack levantó el libro y leyó el título en voz alta.

—¿Y qué tiene de particular este libro? —quiso saber.

—Sigue leyendo —contestó Annie.

Debajo del título, en letras pequeñas, estaba escrito el nombre del autor.

"Espiga Cooley", leyó Jack.

Al ver el nombre del vaquero, Jack se quedó sin habla, al igual que su hermana.

—¡Ay, Dios! —murmuró—. Estuvimos leyendo el libro de Espiga todo el tiempo. ¡El
mismo que él escribió después de dejarnos!

Annie y Jack sacudieron la cabeza ante semejante sorpresa.

Jack abrió el libro de Espiga y observó la primera página. Al pie de la misma decía: *"Imprenta de Texas, Dallas, 1895"*.

Luego pasó la página y se encontró con una dedicatoria:

A RISUEÑA Y PEQUE, DOS DESCONOCIDOS
QUE NUNCA OLVIDARÉ. GRACIAS
POR CAMBIAR MI DESTINO.

Sorprendido, Jack miró a su hermana.

—Espiga nos dedicó su libro —dijo.

—Así es —agregó Annie con una sonrisa.

Jack colocó el libro del vaquero sobre la pila de libros.

Después, él y Annie salieron de la casa del árbol y bajaron por la escalera de soga.

Los árboles del bosque parecían tener vida, con el sonido de los pájaros. El aire se sentía suave pero húmedo.

—Frog Creek parece tan tranquilo —comentó Jack—. Aquí no hay serpientes de cascabel, ni cuatreros, ni fantasmas.

—Sí, tienes razón. Aunque tampoco está Espiga Cooley —agregó Annie, con tristeza.

—Ya lo sé —comentó Jack—. Pero cuando leamos su libro será como si él nos estuviera hablando.

—¡Claro, tienes razón! —dijo Annie—. Tú quieres decir que su voz es como un eco, pero que viene del pasado, ¿no?

—Exactamente —exclamó Jack, con voz suave.

Justo en ese instante, en forma inesperada, se oyó una voz que decía: "¡Annie, Jack!".

—¡Es papá! —dijo Annie.

—¡Ya vamos! —gritaron ambos a la vez.

Y corrieron hacia la casa atravesando las sombras del atardecer.

EL VALLE DEL RÍO ROJO

La famosa canción del oeste que Luke,
el vaquero solitario, tocaba en el piano.

Dicen que de este valle vas a marcharte,
voy a extrañar tu sonrisa y tu rostro alegre.
Dicen que te llevarás el sol contigo,
el que en mi camino me sirvió de abrigo.

Ven y siéntate a mi lado si me amas.
No te apures por decirme adiós.
Nunca olvides el valle del río rojo
ni al vaquero que tanto te amó.

Nunca habrá tanta añoranza
en el corazón de un pobre vaquero,
añoranza que crece en mi pecho cuando partes.
Nunca olvides que aquí, en el oeste, yo te espero.

Piensa en este valle con tu ausencia,
que abandonado y sediento quedará.
Piensa en los corazones que lastimas
y en este dolor que me causarás.

Dicen que de este valle vas a marcharte,
extrañaré tu sonrisa y mirada encendidas.
Dicen que de todo estás cansada,
que buscarás una nueva vida en adelante.

¿Quieres saber adónde puedes viajar en la casa del árbol?

La casa del árbol #1
Dinosaurios al atardecer
Jack y Annie descubren una casa en un árbol
y al entrar, viajan a la época de los dinosaurios.

La casa del árbol #2
El caballero del alba
Annie y Jack viajan a la época de
los caballeros medievales y exploran
un castillo con un pasadizo secreto.

La casa del árbol #3
Una momia al amanecer
Jack y Annie viajan al antiguo Egipto y se
pierden dentro de una pirámide al tratar de
ayudar al fantasma de una reina.

La casa del árbol #4
Piratas después del mediodía
Annie y Jack viajan al pasado y se
encuentran con un grupo de piratas
muy hostiles que buscan un
tesoro enterrado.

Photo Credit: 2012 by Elena Seibert.

Mary Pope Osborne ha recibido muchos premios por sus libros, que suman más de cuarenta. Mary Pope Osborne vive en la ciudad de Nueva York con Will, su esposo y con su perro Bailey, un norfolk terrier. También tiene una cabaña en Pensilvania.